A Une Rose for pour Dominique

ALAIN RHEAULT

Illustrated by Dwain Esper

AuthorHouse™ LLC
1663 Liberty Drive
Bloomington, IN 47403
www.authorhouse.com
Phone: 1-800-839-8640

Published by AuthorHouse 02/06/2014

ISBN: 978-1-4918-4781-7 (sc)
978-1-4918-4780-0 (e)

Library of Congress Control Number: 2014900257

authorHOUSE®

A B C D E F G H I J K L M N O P Q R S T U V W X Y Z

This book is for the little ones who want to hear a good story. It is dedicated to my daughter Dominique.

Ce livre est pour les tout-petits enfants qui veulent entendre une belle histoire. Ce livre est écrit pour ma fille Dominique.

It was one of the most beautiful summer days.

C'était une des plus belles journées, d'été.

The sky was baby blue.

Le ciel était d'un bleu clair.

With clouds that looked like marshmallows.

Avec des nuages qui ressemblaient à des guimauves.

The family was outside enjoying this beautiful day.

La famille était dehors pour profiter de cette belle journée.

Mom was in the flower garden making the flowers look pretty.

Maman travaillait dans le jardin pour que les fleurs soient jolies.

Dad was washing the car. To make it look shiny.

Papa lavait l'auto pour qu'elle brille.

Dominique was helping both parents.

Dominique aidait ses deux parents.

She would help Mom and she would help Dad.

Elle aidait sa maman et elle aidait son papa.

For lunch they had a picnic outside in the back yard on a red and white blanket.

Pour diner, ils ont fait un pique-nique dans la cour arrière sur une couverture rouge et blanc.

The sandwiches seemed better tasting outside.

Les sandwichs avaient l'air meilleur en pique-nique.

After lunch Dominique was playing with her swing set.

Après diner, Dominique s'amusait sur les balançoires.

Trying to stay clean and looking out after
Mom and Dad.

Elle essayait de rester propre et surveillait sa
maman et son papa.

At night time after her bath Dominique put on her pyjamas.

Pendant la soirée, après un bon bain, Dominique a mis son pyjama.

Getting ready for bed, Dominique noticed a beautiful rose on the table beside her bed.

En se préparant à se coucher, Dominique a aperçu une jolie rose sur la table près de son lit.

A rose for Dominique! Mom and Dad gave her for being such a good little helper.

Une rose pour Dominique! Maman et Papa lui ont donnée pour avoir été une si bonne aide.

That made Dominique very happy!

Dominique était très contente!

Mom and Dad were very happy as well.

Maman et Papa étaient très contents aussi.

Because Dominique was the rose in their lives.

Parce que Dominique était la rose de leur vie.

Thank you!

Merci!

Have a nice day with lots of smiles!

Bonne journée remplie de sourires!

0 1 2 3 4 5 6 7 8 9 10

A big thank you,
To my family and my friends,
for helping me enjoy my life and
making this book a treasure.
Thank you!

Un beau gros Merci,
A ma famille et à tous mes amis,
de m'avoir aidé à vivre une si belle vie et de
m'avoir aidé à créer ce beau trésor.
Merci!